하루는 가늘다

하루는 허리가 아프다 허리띠를 졸라맨다 나는 걸어간다 그대는 나를 모르는 척 한다 우리의 만남은 몽상의 문턱에 걸린 무지개, 거울 속 눈동자에 물을 뿌린다 흩어진 글자들이 새털처럼 날아다닌다 손을 펴도 잡히지 않는다 손가락 끝에서 풍문이 흘러나와 변방을 적신다 속절없이 아픈 외계인의 언어, 질문도 대답도 없는 하루가 저물어간다 몸은 여전히 읽을 수 없는 우주, 위태하게 건너가는 허리, 적막이 몸을 감싼다 혁명도 가슴도 없다 피 흘리는 망막은 언제쯤 바닥에 뿌리 내릴 수 있을까? 여위어만 가는 하루 하루 몰입, 하자 하자 하자

나무에 손바닥을 대본다

나무에 손바닥을 대본다

ⓒ박천순, 2021

1판 1쇄 인쇄__2021년 12월 05일
1판 1쇄 발행__2021년 12월 15일

지은이__박천순
펴낸이__양정섭
삽 화__심종희

펴낸곳__예서
　　　　등록__제2019-000020호

제작·공급__경진출판
　　　　사업장주소__서울특별시 금천구 시흥대로 57길 17(시흥동) 영광빌딩 203호
　　　　전화__070-7550-7776 팩스__02-806-7282
　　　　홈페이지__http://https://mykyungjin.tistory.com
　　　　이메일__mykyungjin@daum.net

값 10,000원
ISBN 979-11-91938-04-3 03810

예서의시 018

나무에 손바닥을 대본다

박천순 시집

예서

차례

하루는 가늘다

1부

2부

3부

4부

5부

1부

복

나이 오십 넘어서
첫돌 때 받은 밥그릇을 가져왔다
건네주는 엄마 얼굴처럼
검은 녹 얼룩이 스민 놋주발 세트
뚜껑에 '복'자가 선명하다

아직 걸음도 서툰 아이에게
부모님은 당신들의 복을 다 긁어모아
고봉으로 밥을 채우고
양수 냄새 비릿한 미역국을 푸셨을 거다

첫돌 이후 멋대로 걸었을 걸음이
복을 향한 걸음이었을까
반백의 희끗희끗한 걸음
방향을 놓친 지 오래

묵은 때를 닦으며
아직 유효한가
말갛게 빛나는 복
두 손으로 어루만져 본다

바다가 사랑이다

물결이 수북하게 쌓여 있다
숨 쉬고 싶을 거야, 모로 누운 몸 사이로
은빛 멸치 떼 물살을 가르고 튀어오른다

참았던 숨을 내쉬어 보자
비늘이 있다면, 온기가 있다면 더 잘 자랄 거야
바다는 토닥토닥 물결뚜껑을 매만진다
햇살 따라 장독 덮개를 갈무리하던 어머니처럼

간밤 비에 말갛게 닦인 바다가 빛난다
이제 곧 하얀 포말 꽃이 필 테고
깊은 바닥 층층 물고기 떼 분주해질 거다
나는 폭신한 해변을 걸으며 마음껏 상상한다

  오늘의 물결 아래 어제의 물결, 작년의 물결, 그 이전의 물
결, 맨 밑의 물결
  시간이 건너갈 때마다 무거워진 어깨를 무너뜨리고 누웠을
거다

  숨소리가 멎고

숨소리가 바닥이 되고
숨소리가 먹이가 되는

방금 잡은 멸치 하나 손바닥에 놓고 들여다본다
너무 꼿꼿해서 아프구나

죽음과 생명이 끊임없이 몸을 바꾸고
푸르게 푸르게 익어가는 바다
이 많은 숨소리의 환생이 너무 눈부셔서 아프구나

하롱베이*

첩첩의 섬들이 저녁 어스름 속에서
순한 짐승처럼 엎드려 있다
서로의 급소를 건드리지 않으려고
발톱을 모두 물속 깊이 숨기고
가만가만 숨을 고르고 있다

어두워질수록 섬은 점점 폐활량을 늘린다
전설들이 꿈틀대기 시작한다
섬도 나도 서로의 기척에 놀라는 시간
가까이 가면 섬의 몸에서
별빛 같은 소름이 피어난다

등대도 필요 없는 섬과 섬 사이
배들이 말줄임표처럼 떠서
전등 빛을 내뿜고 있다
불빛에 닿은 섬의 입김들
바다 위에 안개를 풀어놓는다
물결은 섬 사이로 더 깊숙이 파고들고
호흡이 촘촘해지는 섬의 등허리

자고 나면 또 하나의 전설이 생긴 것 같은
신비한 이유를 알 것 같다
이것이 하롱베이가 수천 년 동안 살아온 방식이다

*베트남 북부에 있는 만(灣). 1,969개의 크고 작은 섬 및 석회암 기둥 등을
포함하고 있으며 유네스코 세계자연유산으로 등록되어 있다.

바지락칼국수

국수를 끓여야지, 그전에 나는
갯벌에 길을 내는 바지락 단단한 무늬를 생각한다
그녀 몸속 나이테 같은

썰물을 기다려 바다로 나간 그녀는
허기진 배 대신 붉은 다라에 바지락 가득 채워 나왔다
검은 갯벌에 얼굴을 묻고
지아비 사라진 바다 너머는 쳐다보지도 않겠다고 했는데

나도 폭폭한 갯벌 한 자락 키우는 아낙
시간이 시시때때로 시들해지는 겨울날이면
뜨겁고도 시원한 칼국수를 끓인다

바지락을 삶아서 까고
감자 호박 당근 신선한 야채 듬뿍
생면은 덤인 듯 넣어주면
서로 끌어안고 보글대는 솥단지 속
풍성하다, 큰 대접에 한 가득씩
코 훌쩍거리며 먹는 식구들
저녁이 온기로 줄렁이고 있다

바지락 속살 같은 노란 불빛 아래
일탈을 꿈꾸던 마음 슬며시 내려놓고

한 번도 살아보지 못한 내일도 견딜 만할 거 같다

거품, 또는 희망

17년 된 패브릭 식탁 의자
견고한 네 다리, 아직은 튼튼한 몸체
버리는 대신 빨아 쓰기로 한다

옥상으로 가져가 물을 뿌린다
액체 세제를 붓고 수세미로 닦는다
흰 거품이 부글부글
땟물이 나올 줄 알았는데 의외로 말갛다
이만여 번 엉덩이를 받치고도 이토록 시치미라니
식탁 위 음식과 위장 사이 통로가 되어준 의자
매번 스스로 경건에 들었나 보다

물살에서 거품이 끊이질 않는다
두툼한 쿠션을 발로 밟을 때마다 거품이 솟구친다
17년 동안 고여 있던 이야기가 와글와글
환호성도 곡성도 한통속이 되어 부글거린다
천국 가신 아버님 목소리도
결혼한 아들의 사춘기 여드름도 떠오른다

이를 어쩌나 밟아도 밟아도 끝없는 도발

한때 빛나던 젊음도 기둥 없는 거품
보글보글 피어오른 하루치의 희망이었다면
이제는 주름진 얼굴 닦으며 살라 한다

속 거품이 남은 의자
햇살 좋은 자리에 비스듬히 세워 말린다
미완의 삶이라도 보송보송하길

슬도*

슬도는 가장 슬픈 섬이다
단단한 돌조차
구멍 난 가슴에
소금꽃을 피운다

제 그림자마저 바다에 빠뜨리고
귀신고래도 순하게 품어주는데
짜디짠 소금꽃은 왜 피어
저 가슴 버석거리기만 할까

아흔아홉 구비 파도가 밀려오고
살아있음이 고통이어도
뚫어진 가슴은 거문고를 켠다

통곡을 희열이라 읽으며
여섯 겹 저며진 마음 다독이는 어미

저만치 달려오는 널 볼 수 있다면

피가 돌지 않는 발등에

아득한 눈빛
등대 하나 키우고 있다

네가 어디서 왔는지
어디로 가고 있는지
마음을 잃을 때

저 가슴 검은 어미 노래
들어볼 일이다

*울산 동구에 위치한 섬으로 '갯바람과 파도가 바위에 부딪칠 때 거문고 소리가 난다' 하여 슬도(瑟島)라 한다.

감자 옆에 감자 옆에 감자

―고흐의 '감자 먹는 사람들'

천장에서 어둠이 내려와 음각 쪽으로 기울어요
등불 하나에 의지한 저녁, 서로의 눈빛이 엇갈려요

여보, 제 애길 듣고 있나요
(감자가 식고 있잖아)
아빠의 딱딱한 손이 폭신한 감자를 찍어요

당신, 이 감자 좀 먹어봐
(차를 따르고 있잖아요)
찻잔에 고인 할머니 눈길이 미동도 없어요

감자 옆에 감자 옆에 감자 옆에 감자
희고 동그란 감자는 식탁 위에 있는데
어른들 얼굴은 까지 않은 감자 같아요

낡은 옷에 묻은 어둠이 점점 밤이 되고 있어요
나무의자 등받이는 아직도 나무 한 그루인 양 꼿꼿한데
거기 기댄 등은 왜 모두 구부정할까요

하얀 감자에서 김이 오르면

꿈꾸는 듯해서 좋아요
후후 불며 먹으면 표정이 살아나기도 해요

감자를 먹는 우리는 식구예요
뼈마디 불거진 갈고리 같은 손이 닮았어요
밭에 심으면 뿌리를 내릴 것 같아요
어쩌면 감자가 달릴지도 몰라요

감자를 다 먹기 전 졸음이 밀려와요
아빠 눈꺼풀은 벌써 반이 감겼는걸요
별들도 지붕 위에 내려와 깜박깜박 졸고 있을 거예요
내일은 별을 구워 먹고 싶어요

나무에 손바닥을 대본다

나무는 혼자가 아니다
푸름과 높이와 새소리와 함께 있다
아무것도 슬프지 않다, 별일이 아니다
하늘은 무한히 높고 가볍고 다채롭다
숲이 둥근 공처럼 부풀어 오르다 바람에 구른다

나무는 키가 커간다
숲을 벗어난 적 없지만 자유의 꿈을 놓은 적이 없다
흔드는 바람, 날마다 의식을 깨운다
반짝이는 생각들이 우듬지마다 매달려 있다
새처럼 날아간다

여름은 맘껏 부풀기에 좋은 때
나무가 손바닥을 활짝 펴고 정오를 밀어 올린다
해가 뜨거운 숨을 토한다

늦은 오후 비가 쏟아지면 숲 끝에서 걸어오는 안개
더없이 섬세한 촉감

가장 작은 나무라도 다정을 알고 혼자를 안다

풀잎이 속삭임을 멈추면
나무들은 서로 기대 잠이 든다

사랑해, 사랑 해

한밤 중 잠을 깨면
통증은 더 미세해지고
감각은 더 구체적이 된다

(단 1초라도 아프지 마, 넌 나의 사랑이니까! 단 1초라도 슬
프지 마, 사랑은 시간이야! 지금이 유일해)

"보고 싶다" 대신에
"잘 있지?"
'잘'이라는 한 마디, 얼마나 절절한가
근심은 뼈를 마르게 해

마음과 마음이 만나는 곳
뭐라 불러야 할까
썼다 지웠다, 썼다 지웠다
마음이 나달나달 다 해졌다
아, 해 뜬다

5월 곰배령

물길이 원시림 사이로 흘러내린다 새들이 하나 둘, 풀들이 하나 둘 물줄기를 따라 모여든다 물을 마신 새들의 목청이 커지고 빨라지고 신갈나무 숲 사이 무수한 새의 날갯짓, 물 위에서 찰방거리는 햇살 음표들

바위 등을 타고 내리는 물줄기에 공중의 눈빛이 환해진다 바위 위에 짙거나 옅은 그림, 물의 손이 한순간에 그리고 간 태곳적 그림, 하나님이 보시기에 좋았더라*

하늘을 닦고 있는 신록의 이파리들, 가슴을 열고 들어온다 부풀어 오르는 초록 입들의 합창, 마음을 조율하는 소리

흰 구름 날아오다 나뭇가지에 걸려 맴돌고, 아무 일 없다는 듯 서로 반짝 눈 맞추는 피나물 모데미풀, 딸의 고운 눈매가 꽃으로 피었구나

기쁨이 차오르는 숲에서 흘러넘치는 다정한 감정, 얼레지 꽃 활짝 펼친 치맛자락에서 절정의 리듬을 타고

*성경, 창세기

눈, 눈, 첫눈

길이 걸어가요, 눈을 찾아서
끝없는 이야기가 걸어가요
눈이 온다면 완성되는

눈은 어디로 갔나요
깊은 산속에, 푸른 바다에?

심장밖에 없는 그대여
두 손으로 감싸면 물거품이 되는

흘러넘치는 하늘에
사라진 구름의 뿌리
어떤 계절은 이제 돌아오지 않아요

안녕을 삼킨 입술 위로 노을이 내려요
빈손으로 돌아오는 저녁
내가 사랑하는 것들은 모두 멀리 있어요

나의 페이지는 진행 중인데
어느 갈피에서 하얀 그대를 만날까요

참말 첫눈*이 그리워요

그대 오시는 날
가만히 눈감고 서 있어도 좋은

*2019년 겨울은 눈다운 눈이 한 번도 내리지 않았다.

알리움*

파편에 푸석해진 다리를 잘라냈어요
나는 아직 눈망울 같은 아이, 차가운 시멘트 바닥에 앉아
없는 두 다리를 그려요* 분필 끝으로 눌린 울음이 팽팽한데
꼼꼼히 그린 두 발은 날렵한 물고기

허공을 헤엄치려 해요 없는 발자국을 낳으려 해요 푸른 물
이 흐르는 종아리, 꽃망울을 틔울 수 있을까요 뭉글거리는 포
탄 냄새, 공기가 질식하고 있는데

사랑은 신의 가슴에서만 피는 꽃일까요 둥근 모서리 어둠
이 너무 짙어요 아침에 기도하던 두 손이 말라가요 그 길목에
두고 온 목소리는 언제쯤 노래 부를까요 질식해 가는 보랏빛
입술 입술

분필자국이 희미해지는 저녁, 웃자란 그림자가 삭아 내리
고 무릎이 뭉텅뭉텅 떨어져요 아침이 오면 두 다리가 다시 피
어날까요 텅 빈 목울대가 가늘게 떨리는데요 시든 눈빛이라
고 잘라내지 마세요 파편이 비처럼 쏟아지기 전 내 모습은 어
땠을까요?

*5월에 피는 보라색 지구 모양의 꽃으로 꽃말은 무한한 슬픔이다.
*아프리카 내전으로 다리가 잘린 소년의 낙서.

견딤

-요양원

삐삐는 더 이상 달리지 않네

묶은 머리를 서로 묶어놓아도 모르는 사이
제자리를 맴돌며 머리가 왜 아플까 생각만 하네
아무리 맴돌아도 시선은 마주치지 않고
옆에 있어도 먼 사람

고요를 가장한 침묵
모든 적의는 사라지고
발랄함이 꼭꼭 숨어 있는 눈망울
그처럼 외로운 눈빛을 숨기고
차마 들키기 싫어 기억은 모두 삭제했지

내일은 괜찮을 거라 위안하며
되새김질하는 다정한 감정
내일은 영영 오지 않는데

만난 적 없는 어제와 내일 사이
견딤만 무성해졌지

늙음을 완성한 사람만이 뒷덜미를 가르고 날개를 달 수 있네

흰 머리 삐삐, 양 갈래로 딴 머리가 파닥일 것만 같네
동화는 다시 쓰일 수 있을까

보물찾기

밤은 두텁고
온기는 산등성이 별빛처럼 멀리 있네
어둠 속에서 쓰레기 산을 오르는 11살 나디야*

사람이 적을 때 보물찾기가 쉬워요. 더러운 비닐, 냄새 나는 플라스틱이 밥이 되고 공책이 되어요. 그 물병 꼭 제게 주세요

검은 눈동자에서 흘러나오는 맑은 웃음
자카르타에서 실려 온 악취가 우글거려도
쓰레기더미 뒤지며 새벽으로 걸어가네
거대한 포클레인 옆
고물거리는 개미 같은 나디야
넘어진 무릎에서 붉은 꽃물 흐르네

피의 향기 입은 꽃들아 어둠을 밝혀라
절뚝이는 나디야
눈물로 길을 만들고
미로 속에서 다시 웃는 나디야
시퍼런 졸음이 밀려오면

이마에 매단 전등으로 눈꺼풀을 밀어올리고
안개 자욱한 가슴속을 헤집고 가네

앙상한 시간이 페달을 밟는다
숨 막히는 쓰레기 산을 벗어날 수 있을까
대학생이 되고 의사가 될 수 있을까
씻어도 씻어도 몸에 밴 냄새처럼
깊이를 알 수 없는 어둠 속

점점 높아지는 쓰레기 산에서 어쩌다 만난 봉제 인형 같은,
매니큐어 같은, 불빛을 엮어가네

어둑하고 막막한 공간에
나디야의 따뜻한 숨결
새가 되고 나비가 되어라
뜯어진 하늘 솔기마다
별빛이 부서져 내린다

*인도네시아 자카르타 외곽에서 쓰레기 산을 뒤지며 사는 마을의 한 소녀

고마워

시 한 줄씩 나눠 먹네
시와 그림과 담소가 있는 곳에서

57세 생일
엄마 취향이라며 예약한 한정식 집
고마운 마음에
여름 길목이 환히 밝아오네

먼저 도착한 아들 며느리
반가운 마음에 담뿍 잡은 손
활짝 피는 웃음에
막혔던 가슴 길이 뻥 뚫리네
딸까지 나란히 앉으니
빛나는 그림 한 폭이 여기 있구나

이야기를 담은 음식 하나 하나
제 몫의 이야기를 만들어가는
우리 가족 닮았네

각각의 색과 모양이 모여

조화로운 음식들
혼자보다 함께여서 아름다운 가족

때론 네 맘이 내 맘 같지 않아도
기쁨도 슬픔도 나누어
배가 되고 반이 되는 마법 부려보자
하얀 케이크 위에서 흔들리는 촛불
마음 밭에 사랑 꽃 예쁘게 피워보자

아까운 시간 곱게 포장하여 가슴에 품는다

아버지 바위

산길을 걷다가
조용한 바위를 만진다
눈을 감고, 햇살에 등 대고 있는

반은 따뜻하고 반은 차갑다
그 옛날, 새참 먹고 쉬시던
아버지 바위인 듯 바위를 쓰다듬는다

가만히 기대본다
슬프고 다정한 가슴
바위가 나지막이 노래 부른다

내 호흡을 엮어서 만든
꽃 이파리야
내 품에 안겨 숨을 고르렴
네 머릴 쓰다듬는 바람을 느껴 봐
이끼도 통증도 네 발치에서 쉬게 하렴

고요히 흐르던 구름
바위에 걸터앉았다가
하얀 깃털을 떨구고 간다

눈, 발레리노

그는 몸짓으로 말한다 하늘의 가장 깊은 곳에 숨죽이고 있으면서 겨울 땅속의 훈기를 지녔다

민첩한 발놀림으로, 가벼운 옷깃으로 마른 풀잎의 기침을 덮는다 온몸이 물뿐인 제 모습, 녹아내리기 전 잠시라도 더 공중을 맴돈다 극한의 단식과 벼린 정신으로 몸 사위는 더없이 가뿐하다 나뭇가지나 난간, 노래 위에도 최상의 편안함으로 안착한다 내리뜬 눈길이 발걸음을 이끈다 발가락 끝이며 손가락 끝 모두가 그의 표정을 완성한다

하늘에서 땅까지 오는 길, 서두르지 않는다 끝까지 매혹적인 자태로 눈길을 끈다

무성한 상징이 흩날리고 있다 한 번도 분출되지 않던 상상력이 솟구친다 허공이 뽀얗게 몽환에 잠긴다

아직 전송되지 않은 풍경

풍기 산림치유숲길에서
맹인 남편의 손을 잡고 걷는 여자
울퉁불퉁하거나 평평한 길 앞에서
내비게이션이 된다

5초 후에 땅 위로 나온 나무뿌리
10초 후에 비탈을 덮은 쑥부쟁이
13초 후에 어제보다 세 뼘 늘어난 아까시나무 그늘
목소리가 그려준 풍경을 딛고 가던 남자, 멈춘다
빛이 소멸된 자리 향이 짙게 번진다
코를 벌름거린다, 산속 정원이 완성되는 순간이다
잡초 사이 더듬더듬 꽃을 따는 남자
눈물이 잠깐 비친다

무릎 아래에서 흰 무릇이 옹알거리고
바윗돌을 감싸 도는 물살이 투명하게 리듬을 탄다
새들의 구애와 벌들의 재롱까지 더하니
남자가 우두커니 음미한다
색이 소멸된 자리 소리가 살아나고
계절은 더 깊이 스며든다

음지와 양지 사이
간지럼이 온몸을 타고 내린다

아직 전송되지 않은 풍경이
저만치 와글와글 일어서고 있다

수국

마당 가에 핀 수국
곱다 곱다
말씀하시더니

하늘 유리창 말갛게 닦아놓고
어머님
수국 핀 액자 속에 드셨네
나비 하나 맴도는

2부

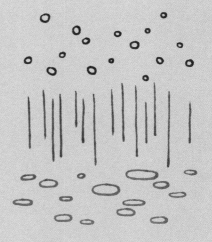

매화 꽃잎 화르르 떨어지고

침대에 누워 빗소리를 만진다

빗소리는 잠 사이를 걸어 다닌다
사랑하는 사람은 창을 열어
빗소리를 몸속 깊이 들여놓고
잠의 긴 골목을 돌아가는 중이다

빗물은 빈 곳으로 스며들며 꿈을 부풀린다
조금씩 변하는 꿈길을 따라
내 잠도 내밀해진다

숨결 따라 펼쳐지는 물 주름이
그와 나를 덮고 있다

매화나무가 등불을 끈다

나무 그림자

너와 난 동시에 태어났어
너의 숨소리에 난 눈을 떴지
속삭임 같은, 노래 같은
네가 켜는 리듬으로 세상을 배우고
너의 호흡을 마시며 자라났어

넌 초록 향기 짙은 처녀
난 향기 없는 검은 몸
내 안의 주인은 너인데
난 네가 될 수 없어

발끝을 네게로 뻗고
맴돌기만 한 날이 수천 날
해는 네 앞에서만 빛나고
나를 스치는 건 검은 바람뿐
내 몸은 종이처럼 닳은 어둠이야

이제 내게로 와줘
네가 오면 난 사라지지
너 또한 사라지지

파랗게 새파랗게
그 순간만 기억할게

정읍 허브원에서 만나요

백제의 신비, 10만 평 칠보산 기슭에서 두근거리고 있어요 산책로에 라벤더 아이스크림 가게를 열고 싶은데, 카푸치노 구름으로 커피를 만들고 싶은데, 당신은 어느 시장에서 헤매고 있나요 진 곳을 디딜까 두려운 마음 여전해요 잉글리시 라벤더 은은한 향이 깊은 잠으로 이끌어도, 드넓은 보랏빛 풍경이 마음을 푸근히 만져줘도, 걱정을 거둘 수가 없어요

그러니 당신, 이제 돌아오세요 어느 것이나 다 놓아버리고 오세요 라반딘 향처럼 7월의 태양 아래 우리 사랑 뜨거우니 꿀벌과 나비 달콤함을 찾고 파라솔 아래 연인들 민트 향에 젖어 있어요 허브 향기에 가슴이 시원해져도 내 눈을 맑히는 건 저 멀리 걸어올 당신 모습뿐! 자전거 포토 존에서, 고인돌 아래에서 인증 샷을 찍어요

높이 뜬 달을 따라 오세요 허브원에는 달처럼 탐스러운 수국이 나와 함께 당신을 기다려요 백일홍도 내 마음을 아는지 달빛 아래 홍조가 짙어요 망부석이 다 닳아 흙이 되면 오실 런지요 일렁이는 마음 능선을 올라 칠보산 정상에서 사방을 살핍니다 이제 행상은 그만두세요 허브원에서 우리 같이 보랏빛 아이스크림을 팔아요 보라 보라 백제의 신비, 보라 보라

라벤더 당신을 불러요

*백제 시가 '정읍사' 내용 차용

사랑의 눈동자

태초부터 사랑이었다 사랑을 따라 나는 갔다 사랑도 나를 따라 왔다 사랑이 가슴 위를 걸어가며 촉수로 마음 깊숙이 파고들었다 사랑의 폭신폭신한 살결을 옷이나 이불로 사용했다 사랑은 조금씩 낡아가기 시작했다

사랑이 죽으면 도서관에 보관된 끝없는 눈동자가 된다 골수에 한 번 새겨진 사랑, 남기려거든 눈빛을 잃지 말아라 나는 이별을 이길 모든 무기를 갖고 있다고 생각했다 그러나 사랑은 죽은 자의 책이 되어 내 눈동자를 가져갔다

사랑의 힘은 흘러간다 목구멍을 타고 흐르는 따가운 가시들, 모든 사랑을 가진 그가 또 다른 사랑에 목말라 하듯이 사랑은 돌아오리라 그리고 어둠 속에서 더듬더듬 콩나물국을 끓이리라 안개가 걷히고 다시 길을 떠나는 새벽이다

봄날의 동화

바람의 다리처럼 기다란 남자와 재잘대는 들풀 같은 여자

꽃과 나무에 눈 맞추며 걷다가 개울을 건널 때였어

돌다리 중간에 앉아 뽀뽀 한 번 웃음 한 번, 또 뽀뽀 한 번 웃음 한 번

웃음에서 꽃가루가 날아오르고 그때마다 눈이 부신 태양이 속눈썹을 찡긋거렸어

눈꺼풀을 닫았다 열자 바람이 일어나고 개울엔 차르르 차르르 물 주름이 잡혔어

물고기가 입을 쫑긋거리며 떼를 지어 몰려왔다 흩어지는 물속

카푸치노 구름도 돌다리 뽀뽀를 내려다보다 하얀 거품을 흘리고 말았어

달콤한 향내가 두 사람 주위로 퍼져 나가자 물고기들이 아가미를 열고 뛰어올랐어

물에 떨어진 나뭇잎도 파랗게 살아나서 춤을 추며 흘러갔지

물 속 그림자에까지 뽀뽀와 웃음이 스며들어 개울은 온통 분홍빛인 봄날이었어

화담숲의 편지

내 생각을 하면
몸이 날아갈 듯 가볍다고요?
제 속에 꼭꼭 접어둔 날개를 보았나요?

공중으로 들뜨는 발바닥을
땅에 붙이려 애쓰는
당신 모습을 보는 것이 좋았어요

자작나무숲과 소나무정원에서
몸이 푸릇하게 헹궈지는 것을 보았어요
상록패랭이, 붉은 찔레, 물싸리 속에서
눅눅했던 마음까지 털어 말린 당신,
부엉이 방구통에는 무슨 소원을 넣었는지 궁금해요

꽃향기 나무 향기, 짙푸른 공기까지 배어든 몸에
민낯의 햇발이 내려앉을 때
당신 얼굴이 얼마나 밝았는지 아세요?

솔바람과 차 한 잔 하고 싶을 때
내게로 오세요

소사나무 분재가 한 살 더 먹기 전에
남생이의 잠이 너무 길어지기 전에

겨울 산은 고요하다

산 구릉에 눈이 덮여 있다
눈 위에서 잘게 부서진 햇살이 춤을 춘다
짧고 강렬한 발걸음이 반짝이고
정령들은 늙지 않고 노래 부른다
노랫소리 나뭇가지에 걸터앉아 흔들거리자
음표들이 투둑투둑 떨어진다
지빠귀새들 음표를 낚아채어 지저귀고
노루 한 마리 귀를 세우고 듣고 있다
노랫소리 커갈수록 고요는 더 짙어진다
고요가 몰고 오는 그림자가 한없이 길어지면
세상은 온통 그림자
어스름 속에서 흰 나무가 걸어 나온다
나무의 기다란 팔이 별빛을 골고루 뿌리고
산등성이를 토닥여 준다
산의 눈꺼풀이 감긴다
고요가 또 한 겹 내린다

풍경은 지워지고

창밖에는 눈이 내리고
풍경이 지워지고
나는 눈발이 쓰는 날것의 시를 읽습니다
펄펄 끓는 당신을 읽습니다

굵은 눈송이가 빗금을 그으며 내리다가
어느 순간 직선으로 뛰어내립니다
그러다 주저앉습니다
저 눈발은 내 마음 어느 바닥쯤에 닿았을까요
공중에서 난무하던 흰 글씨들
내 안으로 전부 추락합니다

내 가슴은 녹아내린 당신으로 흥건합니다
시가 되어 찾아온 당신,
마침표가 없는 당신으로 인해
마음은 오래도록 젖어 있습니다

눈은 아직 그칠 기미가 없고
당신이라는 풍경만이 자꾸자꾸 겹쳐집니다

귀고리

마음을 나뭇잎 모양으로 오린다면
어느 쪽이 먼저 물들까

침상에 노부부가 마주 앉아 있다

습자지처럼 가볍고 조글조글한 여자
납작한 허리가 반으로 접힌다
남자가 여자에게 미음을 떠먹인다
떠먹여도 넘겨지지 않는 미음이
어눌한 입가로 흘러내린다

남자의 마음이 타들어가며
먹어야 산다, 먹어야 산다
거듭 되뇌는 주문, 방바닥에 쌓인다

창밖에서 웅성대던 바람도 입을 닫은 저녁

빛바랜 나뭇잎 두 장 나란하다
말라가는 서로의 낯빛을
오래 곰삭은 눈빛으로 적시고 있다

먼저 물들었던 기억 놓지 않으면
어떻게 앞서 떨어질 수 있을까

허밍버드

당신의 부은 왼손이 내 어깨를 감싸요*
이마에 닿아 있는 당신의 뺨,
함께 걸어온 길이 새겨져 있어요
눈물 한 방울이 흘러요
우리의 별이 등불을 밝혀요
길들이 일제히 환해집니다
나란한 발자국이 지평선까지 이어져 있어요

당신에게 안긴 나는 작은 새
두 날개를 펼쳐 빗장을 걸어요
마주 본 시간들이 감은 눈두덩에서 발효되고 있어요
신의 무릎 앞에 다다른 당신,
무슨 기도를 올리고 있나요
나는 가느다란 발목으로 당신 꿈속을 돌아다녀요

당신 체취가 나를 비껴간 적이 있나요?
꼭꼭 여민 이불깃 위로
마지막까지 나를 토닥이는 숨결
내 심장이 당신 심장 박동을 반추합니다
당신 품에 안긴 이 가슴이

내 마지막 노래이고 꽃이고

머지않아 당신께 다다를 날개입니다

*오랫동안 신장투석을 해 온 윌번 우튼이 생의 마지막 날 아내를 꼭 껴안고
있다. (중앙일보 2008. 8. 30)

노부부

물 빠진 갯벌에
낡은 배 두 척
바다를 바라본다

지는 해
멀리 수평선 위로
길을 만든다
물결 따라 일렁이다
점점 좁아지고
짧아지는
마침내 사라지는
붉은, 길

오늘 하루도 잘 걸어왔다고
서로 어깨를 기댄 노부부
상처 난 발바닥에 갯흙을 바르고
무심에 젖어든다

밤 없는 달

각도가 다른 우듬지들
저마다의 하늘로 향하듯

어떤 사랑은 스스로 고립되어
밤 없는 달 속으로 들어가네

이봐요 여긴 텅 빈 우주
당신의 심장을 심어주세요

수축과 이완 사이를 찢고 나온 촉수는
밤을 알까, 낮을 알까

점점 자라는 머리카락 사이
점점 단단해지는 가지 사이로
흘러내리는 꽃잎 꽃잎들

내 머리카락이 붉게 빛날 때
당신이 곁에 있다는 기척

영원한 달의 뒤편에 자물쇠를 채우네

에필로그

그대는 떠나고
그대보다 오래 남은 액자를 본다
나보다도 오래 살아남을 이것은
숨구멍도 없이 독방을 어찌 견딜까

액자 속에 들어가 숲을 본다
나무의 거친 숨결들이 가득 고여
외줄기 이정표가 출렁거린다
시푸른 그늘 속에서 반쯤 지워진
두 사람이 웃고 있다

그대는 9부 능선까지는 오르고 싶다 했지
그러나 숲의 늑골 속으로
그대는 사라지고

뼛가루의 온기를 품은 뿌리에서
비릿한 솔향이 새어 나온다
갈라진 몸피는 점점 붉어지고

나는 건조한 액자 밖에서 맴맴

푸르기만 한 액자 속에서 맴맴
사라진 계절 내내 울기만 하고

이봐요 당신, 아직 거기 있나요
내 늑골을 열고
나무 몸피에 손을 대본다

아, 자지러지게 맥박이 뛴다

해 질 무렵

누군가 간절히 보고 싶어
바다에 간 적 있나요
핏빛으로 지는 해를
온 가슴으로 안고 달려오는 파도처럼
오직, 한 사람
간절히 품고 싶을 때가 있나요

긴 여행에서 돌아온 물개가
마른 땅을 찾아
사랑을 하고 새끼를 낳듯이
바닷가 한 뼘 땅에서
그와 함께 살고 싶을 때

어둠이 온 세상을 덮어도
그의 목소리에 귀 기울이며
시간을 잊고 싶을 때
봉긋한 밥 한 쪽 푹 덜어
그의 밥그릇에 담아주고
찌개 그릇에 숟가락 부딪히며
오래도록 파도 소리 듣고 싶을 때
있나요?

미라의 시간

이제는 생각을 끌 시간
너무 많은 궁리로 길을 잃기 전에
사각의 방에 가지런히 눕혀주세요

어두울수록 더욱 환해지는 생각이
머리에서 꽃으로 피어나요
스탠드 불빛처럼 지지 않는 꽃
꽃잎을 따먹으면 쇠 맛이 나요

나는 식물이 되고 싶은데
더없이 부드럽고 다정하게 썩는 식물

이 방은 너무 차고 거칠어요
발바닥에 칼의 지문이 새겨져요
당신을 바라보던 눈빛
반짝, 빛나던 푸름이 칼의 영혼이라면
당신에게만 특별해지고 싶은 찰나였다면
당신은 나와 같이 아플 수 있을까요

몸속에 켜켜이 쌓인 시간이 바싹 마르고 있어요
내 심장에서 왜 쇠 맛이 나느냐고 묻지 마세요

솔잎은 사랑이다

쪽 뻗은 소나무에 기대 눈을 감습니다
감은 눈 속에서 더 잘 보이는
당신을 읽습니다
따스하게 흘러나오는 당신의 입김
푸른 나부낌이 되어 나를 감쌉니다
맑은 이마를 읽고
고운 입술을 읽고
아, 눈빛만 읽는데도 천 년이 걸릴 듯 합니다

크게 숨을 들이켰다 내쉽니다
마른 솔잎 향, 푸른 솔잎 향
온 향기가 온통 온몸으로 스며듭니다
바람이 지나갑니다
봄이 흘러갑니다
당신이 갑니다
여기 남은 나무, 늘 푸른 우주
뜨거운 숨결이 스러질까요
기대 선 구름 반쪽
새소리 걸린 솔가지 하나가
눈물겹도록 푸릅니다

소금산 섬강

음력 스무날의 달이 뜬다
소나무 옆에서
구름을 벗는 중
서서히 몸이 밝아진다
달빛을 받은 쪽 솔가지가
부드럽게 빛난다
어둠 속에 익어가는
솔가지의 음영

섬강에 빠진 달빛이 흔들린다
소나무는 가만히 있는데
달빛 혼자 떨고 있다

어둠 속 소나무
달을 향해 몸을 튼다
긴 손가락으로 가만가만
달빛을 쓰다듬는다
슬며시 물속으로 들어가
달과 함께 흔들린다

가을에

산길을 걷는다
바람이 지날 때
나무 옷 벗는 소리 들린다
몸에 새긴 시간
날아간다 날아간다
나무는 울음을 숨기고
남김없이 털어낸다

가장 가벼운 몸
발바닥에 밟힌다
가볍게 가볍게
죽음이 된다, 흙이 된다

나 떠날 때도
몸에 담았던 시간들
가볍게 털어내는
이 가을이고 싶다
단풍 너무 고와 울고 서 있는
네 곁이고 싶다

갱년기

가만히 있다가도 불현듯 흔들려요 이 흔들림을 슬픔이라 한다면 슬픔은 왜 나를 숙주 삼아 자라길 좋아할까요? 설핏 지나가는 영화 대사가 긴 여운을 남기듯이, 바람 한 줄기가 나뭇잎을 흔들 듯이, 아무렇지도 않게 내게로 왔어요 밀어낼 수 없는 마음 한가운데로

어디를 떠돌다 왔는지, 몇 천 년 고행이라도 하다 왔는지, 절벽처럼 깊은 눈빛에 여윈 어깨, 온몸이 푸석거려요 곧 무너질 듯한 그 모습을 보고 슬픔에게도 슬픔이 있다는 걸 알았어요

내가 품어주자 그의 살은 튼실해지고 두 볼은 장밋빛으로 빛나요 그럴수록 내 몸은 으슬으슬 비가 스미고, 바람이 뼛속을 지나가요 슬픔이 자라도록 자리를 내주는 몸이 느껴져요 뼈마디 사이로 자꾸 한숨이 새어 나와요

3부

아침이 오는 방식

한밤중이 잠을 깬다
소리들이 걸어나온다
시계 초침 소리가 따갑다
공기가 흘러다니다
널어놓은 빨래에 부딪히는 소리
문틈을 새어나가는 소리
뒤척이고 뒤척이다
불을 켠다

순간 사라지는 소리들
방은 다시 숨을 죽인다

부스럭부스럭 내가 소리를 만든다
볼펜이 굴러가는 소리
종이 위를 가볍게 흐른다
노트가 줄을 긋는다
펜이 천천히, 혹은 빠르게 걷는다
줄 사이로 새벽이 끼어든다
점점 아침이 밝아온다

나무

나무들이 앞서거니 뒤서거니
함께 가자 한다
어제 본 나무가
꿈에 본 나무가
비슷한 몸피에
비슷한 욕망을 흔들며
함께 가자 한다
밤새 맹수 같던 플라타너스가
이 나무인지 저 나무인지

푸른 손을 흔드는데
불거진 핏줄, 내 손등
어느 결에 둥근 주름
오늘은 말간 얼굴 속 어디에
숨기고 있을까
몸속 깊이 나이테
옷 속 깊이 주름 결
나인 듯도 한 나무가
나무인 듯도 한 내가

밤낚시

어둠 속에 낚싯대를 던진다
졸다 깨다, 어둠이 화들짝 놀란다

단어 하나 건진다
어절 하나 낚는다
흰 포말에 헹궈서
이리저리 꿰어 맞춘다

새벽은 온다
처음 보는 물고기 하나
기이하다

아침이 갸우뚱한다
갸우뚱이 하하 웃는다

마음에 바람이 분다

마음이 날아간다
빠르게 혹은 더 빠르게

바람이 인다
소리 없는 마음
몸짓이 낭창낭창하다

마음 놓고 흔들려본 적 있는가
아무리 흔들려도 중심 잡아줄
줄 하나 있어
붉으락푸르락 때론 샛노랗게
저며진 마음 들판에 풀어놓은 적 있는가

켜켜이 숨죽였던 마음이 춤을 춘다
바람에 흔들리는 꽃이다
절망은 더 깊이 잠들어라
사랑 희망 설움이 무게도 없이 나부낀다

바람이 손가락을 뻗어 마음의 맨발을 만진다
숨소리가 짙어진다

나는 듣는다
거품도 거짓도 없는 원색의 몸짓
무언의 외침이 들판을 채운다

펄럭이는 선율 위로
햇살이 쏟아진다
무한한 공중에 무성한 눈빛
빛을 흡수한 마음이 투명하다
바람의 맥박이 빨라진다

카르디아*

마음아 어디로 가느냐
골목과 골짜기와 강둑을 지나
흩어졌다 모이고
흩어졌다 모이고
간신히 몸을 입은 마음아 어디로 가느냐

차가운 피 흘리는 오래된 마음아
붉은 노을에 흠뻑 젖지도 못했는데
길 끝에 맨발로 서 있구나
이별은 도적같이 오는 것
눈빛이 꺼지는 것도 순간이지

우수수 새들이 날아오르면
일제히 웅성거리는 덤불 숲
그들의 감정을 헤아려본 적 없는데
온 가슴 열고 안아주지도 못했는데
새는 날아가고 덤불은 마르듯
바구니에 든 시간은 없구나

목덜미 가늘고 점점 희미해지는 몸뚱이

겨우 오늘의 운세에나 하루를 맡겨야 할까
해는 지는데 벌거벗은 마음아
어디로 가느냐
하얀 어깨에서 눈물이 떨어지는데
더듬더듬 흔들리며
어둠 속에 잠겨 드는 눈망울아

*카르디아: 헬라어로 마음이며 인간의 느낌과 감정, 욕망, 정욕 등이 자리
하는 근원이다.

내가 아닌 것 같다

고요한 시간, 혼자 있을 때
난 이생에 있는 것 같지가 않다
어디에 있을까, 무얼 하고 있나
홀로 흔들리는 눈동자

모든 하루는 하나밖에 없는데
한 번도 아름답지 못하고
이 별을 건너가면 어쩌나
꽃 한 송이 피우고 싶은 간절함

불타듯 붉은 저녁 하늘 앞에 선다

강물 위로 뜨겁게 어룽지는 윤슬
저리 타오를 수 있다면
골방의 눈물을 모아 강물을 만들리
흑암에 잠기기 전
온몸으로 핏빛 꽃 피우리

저 너머 어디쯤 서성이는 그림자
어쩌면 나일지도

구름들

내 안에 구름이 산다
형태도 없고 머무르지도 못하는
구름이 떠돌고 있다
저물녘 골목을 지날 때
어둠이 스미듯 내게 스몄다

구름이 제멋대로이듯
내 감정도 제멋대로이다
먹구름이 머무는 자리엔 다가오지 마라 그대여
위험한 상처가 열리는 문
감성이 흘러내려
당신의 가방 속에 들어갈 수도 있다
방금 읽은 시집의 글자들을 흠뻑 적시고
지독한 자책을 키울지 모른다

수많은 구름의 감정이
당신을 흡수하고
풍경이 될지 모른다

구름 속엔 누군가 담겨 있다

발효되는 글자

백악기의 문장이 곰삭고 있다

저 단단한 책갈피 한 장도 들추지 못하는 나는
침묵하는 파식대* 위에 앉아 있다

바다에 햇살 떨어지는 리듬이 눈부시다
첫새벽에 태어난 이 소리들이
한 겹 한 겹 바다를 읽고
돌책을 읽어 내리는 목소리라는 걸
어둑해질 때야 알았다

돌 읽는 소리 수평선을 넘어갈 때
종일 읽은 단단한 문장들을
울컥울컥 바다 속에 부려놓는 해
붉게 발효된 글자들이
내일 아침 더 눈부신 빛으로 태어나고
바다는 수천의 손가락을 뻗어 물길을 빚을 거다
아직 열어보지 못한 생이 물 주름마다 갇혀 있을 거다

감은 눈 속에서 글자들이 반짝일 때

죽어서 하늘로 간 영혼들이
돌 속 문자로 태어난다는 걸 알았다

*파식대: 암석해안이 침식 작용을 받으면서 해안 절벽 아래에 형성되는 평평한 침식면

읽기 쓰기

발바닥에 밑줄 그으며
고비 고비 허덕허덕
기어가는 먼 사막
사라지는 시간 속
기억을 붙들어야지
목걸이 엮듯 엮어 놓아야지

휘파람을 타고
지평선을
달리고 싶어
추억이 펼쳐진 고비는
바람 아래 있어

마법의 달이
발밑에서 떠올라도
별이 이마를 때려도
머리를 열고
하늘을 보는 거야

모래알보다 많은 글씨가

지평선에
신기루로 떠오르면

한 줄 한 줄 읽으며
한평생 걸어가는 거야

우연과 인연 사이

등산로 입구
나무의자 하나 버려져 있다
저 텅 빈 고요는 누가 놓고 간 것일까

다리가 없던 나무에게 다리가 생긴 일
이미 수 겹의 나이테를 품은 몸이
또 다른 결을 품으며 산다는 것은
겹겹의 침묵을 견디는 일이었을 거다

의자는 걷지 못하는 다리
발목이 삐걱거리는 시간을 품고
묵언에 들었으니

바람이 지나가고 표정이 흘러가고 들고양이 한 마리 온기
를 나누다 가고 낙엽 몇 장 들썩이거나 물들거나
스쳐 지나가는 것들은 우연일까, 인연일까

걸을 수 없는 길이 눈부시다
햇살은 살을 더하고
구름은 몸을 흘리며 굴러간다

아득한 끝 멀어진 것들은 아름다운데

저 길목 어디쯤
미완성의 내 다리는 서 있을까

리셋

텅 빈 가슴을 무엇으로 채워야 하나
다시 처음이 되었다
푸른 막으로 둘러싸인 심장
온 힘으로 두근거리고 싶다

무엇으로 채워야 하나
조미료 없는 식탁
무미건조한 일상이 입안에서 버석거린다

아우슈비츠 수용소에서 자유를 맞았을 때 사람들은 기쁨
을 느끼지 못했다고 한다. 기뻐하는 능력을 다시 배워야 했다*

수용소도 아닌데
누가 감정을 빼앗았을까
불편하다고 내가 버렸는가

다시 울음을 배워야 한다
밤새 고인 샘물 흠뻑 쏟아내고
더 깊어진 눈동자로 웃음을 배워야 한다

나뭇가지 사이에서 비를 긋던 새
나뭇잎들이 어깨를 맞대고 비를 막아주었다
새를 품은 이파리들 얼굴이 윤기로 반짝거렸다

빈 도화지를 채울 그림
가슴 뛰게 할 널 찾아 사다리를 오른다
새로 돋는 우듬지, 속살이 연하다

*빅터 프랭클의 『죽음의 수용소』(청아출판사, 138쪽)에서.

나를 벗어나는 몸

밤으로 꽉 찬 공간에 멍하니 앉아 있을 때
서서히 나를 벗어나는 몸을 본다
바다에서 밀려 나온 해파리처럼
어둠 속을 떠다니는 나
몸을 죄어오던 공간이
어찌할 줄 모르고 떨어져 나간다
떨어지는 조각에 맞아 아프다
뚫린 공간에 대고 내 이름을 불러본다
울퉁불퉁한 공간에 부딪힌 낯선 목소리
흰 부스러기로 떨어진다

갇혀 있는 것에 익숙한 나는
몸을 찾아 두리번거린다
몸은 가장 편안한 표정으로 구겨져 있다

머리 속으로 팔이 들어가고
다리 속으로 몸통이 들어가고
바람 빠진 풍선 인형처럼 꼬여
맞춰지지 않는 나

몸이 흘러내리지 않게 허리띠를 졸라맨다

수수한 날

새 출발하는 1월 1일
힘 오른 1자 두 다리로
걷고 걸어보자
추위마저 신선하게

북촌길 북적대는 관광객들
골목을 녹이고
덩달아 들뜨는 마음
사진 속에 담네
어니언(onion) 카페에 넘치는 사람들
묵은 껍질 벗겨내고 있네

익선동 가게마다 스며드는 청춘
갱년기의 걸음은 어느 곳에도 들지 못하고
길 잃은 눈동자 하늘을 보다가

광장시장 녹두전 어묵탕에
하루가 따스하게 스며드네
어묵 국물처럼 감칠맛으로 살아볼까나
행복은 수수껍질처럼 수수하고
안으로 달콤 쌉싸름한 그런 거

호수를 깨우는 비

수억 개 물의 씨앗

떨어지는 곳마다 동심원 메아리

부드럽게 부푼다
호수의 둥근 배

연잎은 윤기를 더하고
꽃잎은 명상에 빠진다

비의 연주

마알간 얼굴들
반짝 눈 뜬다

블랙커피

아침이 어둡다
먹구름 무겁다

바람에 기대
문을 활짝 연다
커피를 마신다, 때로는
이 쓰고 향기로운 것이
비상구가 되기도
허방이 되기도
카타르시스가 되기도

장마의 한가운데서
하늘도 블랙커피 한 잔 중?

노을

낯익은 얼굴이다
무심한 눈빛으로 나를 본다
그의 사냥 솜씨는 기척이 없어
나를 통째로 삼키는 건 시간문제다

먹다 버린 구름이 군데군데 붙어 있다
부드럽게 부푼 배와
끝없이 뻗은 주홍빛 다리를 보는 순간
누구나 그의 뱃속으로 걸어가고 싶어질 것이다
속내를 다 빨아 먹히고 껍질만 남을지라도

그의 집은 매혹적인 거미줄이다
가장 촘촘한 거미줄이다
산을 삼키고 해변을 삼키고
먹고 또 먹는 포만을 모르는 식욕

해의 뒤통수까지 꿀꺽 삼킨 그가
나뭇잎으로 입술을 닦으며 내게로 흘러든다
그림자를 접은 몸이 저항 없이 물든다

어색한 악수

사람들은 늘 습관적인 악수를 청해 오지 손과 손 사이에서 완벽한 화음은 한 번도 만들어진 적 없지 상처 많은 손금의 그녀는 슈퍼에서 바코드가 찍힌 음식을 사고 보도블록 숫자를 세며 집으로 가지 마음속 기도를 꺼내려 해도 문 닫힌 예배당처럼 입이 붙어버리고 말아 부품을 끌어모아도 무엇 하나 만들 수 없는 고물상 폐기물을 지나 집으로 오는 사이, 머리카락만 조금 더 자라지

장마의 흔적이 남아 있는 방, 그녀가 들어서면 습기 찬 무덤이 되지 흔들리는 불빛으로는 무거운 공기층을 뒤집을 수 없어 얼굴을 들면 천장에서 떨어지는 물방울에 메마른 입술이 녹아내렸지 말을 잃은 그녀가 낡은 벽 곰팡이 위에 손을 널어 말리고 있지 녹이 슨 창문 너머로 구절초가 똑똑 꽃잎을 떼어내고 가끔 고양이 울음이 벽을 긁었지 손을 잡았던 악수가 하나둘 증발하는 밤이야

4부

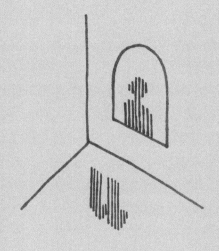

안개의 골목

골목이 구부정하게 엎드려 있다
여기저기 젖은 휘파람이 묻어 있다
상처처럼, 피딱지처럼 달라붙어 있는 집들
안개 속에서 불빛이 희미하다
손톱으로 긋기만 해도
파열음이 새어 나올 듯하다

가난을 팔 수 있다면
얼어붙은 가슴을 팔 수 있다면

좁은 계단을 오르는 발바닥 아래
핏빛 각질이 뚝뚝 떨어진다

담장에 붙은 붉은 장미
구름을 잡아당겨 몸을 치장하고 있다

길을 걷다

마스크 속 호흡이 촘촘합니다

모든 길이 가슴을 열고 누워있어도 우리는 결코 길의 속내를 알 수 없지요 모퉁이에 감춰놓은 무언가가 마음을 설레게 해도 그 실체를 본 사람이 없지요

따스하거나 단단한 습성이 재부팅되어요 매 순간 명암과 채도가 달라지는 미세한 표정을 누가 다 읽을 수 있을까요

나무와 묘지와 구름이 따라와요 누군가는 구름을 끌어다 덮고 누군가는 커다란 나무를 안고 기도를 흘려넣지요

길이 끝없이 반복되면 시간에 갇히기도 해요

모두를 알지만 모두를 모르는 척하는 길
완벽히 아는 것과 완벽히 모르는 것 사이에는 담담한 마음이 있을 뿐이지요

저무는 길 끝에
노을이 번지고 있어요

뒤따라온 발자국들이 와글거려요
각기 이름을 붙여 놓아줍니다
비로소 입을 닫는 자국들
이내 길과 하나가 됩니다

내 길을 읽을 수 있는 눈이 그대에게 있다면 심장을 조금
떼어 드리지요

눈썹에 맺힌 호흡이 촉촉합니다
아직은 발자국을 조금 더 키울 수 있겠습니다

신발

노을이 바다 위에 엎드려 있다
이 물빛 빚느라
바다는 46억 년이 걸렸다
저 춤사위에 스민 노을은 얼마일까
바다 삼킨 속울음은 얼마나 될까
젖은 갯벌 위
생각에 잠긴 신발이 걸어간다
발자국은 이내 지워져도
먼 길 돌아온 신발에서
부르튼 각질이 파도가 되고

공중을 떠돌던 세포들이
모이고 모여 내가 된 기적
신이 나를 빚는데도 46억 년이 걸렸다
어느 파도를 밟고 어느 가슴을 품고
여기까지 왔는가, 신발이여

걸을수록 무거워지는 발바닥에
긴 시간 유전된 길이 새겨져 있다
내 몸 가장 어두운 곳에서

홀로 새긴 몸속 지도
신발 한 켤레의 씨줄 날줄

일출에서 일몰까지
닳은 뒤꿈치에 매달려온
하루 70만 번의 파도 견디고
서쪽으로 서쪽으로 걸어간다
바다를 향한 신발 코에
붉은 노을 한 점
반짝!

5월에 태어난

내 고향은 연초록 나뭇잎들 간지러운 허공
눈길 닿는 모두는 비현실적 색감
어디든 갈 수 있는 동화 속이지요

내가 바라는 건
숨이 멎을 때까지 걷고
발자국이 시가 되는 것

빗속에 서 있으면 나는 비
장미 속에 서 있으면 나는 장미
꽃 나무 풀들은 가장 친한 친구지요

찔레꽃 향기 곳곳에 은은하고
이팝나무 일제히 흰 등불을 켜 드는 건
어둠을 건너온 이에게
신이 보내는 위로지요

누워서 숲을 느껴보세요*
누워서 숲을 보면 하늘은 깊은 우물
가장 아름다운 보석이 내게로 쏟아지지요

딱따구리 나무 쪼는 소리 들립니다
어쩌면 나무의 노래일지도
나도 때때로 고통을 숨기고
명랑한 발걸음으로 노래하지요

어디로든 걸어 봐요
걷다가 부드러운 흙이 되는 시간
길은 달콤한 과일을 받듯
나를 받아줄 테지요

*광릉수목원 숲 생태관찰로 팻말에 쓰인 글

서울 둘레길 완주하다

뛰는 심장이여
뛰는 맥박이여
너의 온유한 끈기
성실한 기척
맘껏 내 것인 시간이
여기 있구나

서울 맨얼굴에 눈 맞추며
157킬로미터 정직한 걸음
땅 뿌리에 닿았지

신석기 시대부터
2000여 년 역사의 숭고함
이정표가 되어 살갗에 스몄지

모퉁이마다 두근거리는 길의 힘
산과 마을과 물이 잇닿은 곳
발걸음 내디딜 때마다
한 겹 한 겹 문을 열고
속살로 안아주었지
걷지 않으면 볼 수 없을 풍경이

신비한 이야기를 펼쳤지

호흡과 호흡 사이
뛰지 않고는 견딜 수 없는
맥박, 피톨을 흔들었지

걸음과 걸음 사이
멈추는 숨 하나
무게를 벗고 고요히 음미하였지

둥근 숨소리 붙들고
걷고 걸어 처음이던 이곳에 왔으니
아이리스 가는 발목
무리 지어 서 있는 창포원*

서울의 지도 발바닥에 새기고
묵묵한 길이 되어
나도 서 있구나

*도봉산역 2번 출구에 위치하며 서울 둘레길의 시작점이자 종착점이다.

거울, 당신

거울을 부숴 먹고 싶다
깨 먹어도 깨 먹어도 수직을 버리지 않는
저 거울을 바닥까지 박박 긁어먹고 싶다

거울은 벽을 원하거나 독방을 원한다
제 속을 보이지 않는 말간 얼굴로
발목을 자르고 나를 빤히 본다
이 방에서 나는 발 없는 유령이다
상체는 거울 안에 걸쳐져 있고
하체는 거울 밖에서 떠돈다

들어가고 싶은 것인가
나오고 싶은 것인가
발목 없이도 자유로운 허공에서
나는 색을 입었다가 벗는다
빨주노초파남보 변하는 모습
마지막엔 항상 알몸이다

끝까지 직립을 지키는 거울 앞에서
오늘의 표정과 자세를 고민하는

슬픔의 맨 덩어리
나도 때로는 완고한 투명이고 싶다

사소한 하루

귀에 귀지가 있어요
눈송이도 아닌 모래도 아닌
서걱거리는 생각들
후~ 불자 건널목이 흔들려요
한 칸씩 딛고 건너는
아슬아슬한 건널목
발뒤꿈치 끝에 경적이 물려

귀가 젖고 있어요 스펀지를 대면
젖은 골목이 한 칸씩 따라 나와요
찐빵 만두집이 수증기를 내뿜고
핫도그 가게 안 학생들 수다
가끔은 음악이 되고 기적이 되는
거리에서 몽상이 옷깃을 세우고 뛰어가요

입구가 어디인가요?
아니, 아니 출구 말입니다
말이 통하지 않는 틈새에서
목소리가 지워지고 있어요
수초처럼 흔들리는 다리, 다리들

그저 사소한 하루 시시한 일뿐인데
여기는 바다 속인가요?

거미

빨랫줄 가운데 집게를 기둥 삼아 집을 지은 거미
도시의 옥상에서 햇빛 부스러기라도 잡으려는 걸까
갈빗집 고기 냄새라도 걸리길 바라는 걸까
뜨거운 태양 아래 허공이 들끓고 있는데

간신히 지은 아흔아홉 칸 집
저 빈방을 언제 다 채우려나
싼 월세만 찾아 떠도는 사람에게
칸칸마다 투명하게 무얼 보여주려고 하나

빨래를 널어야 하는데
거미의 생존 앞에서
빨래는 아무것도 아니라 해도
나는 빨래를 널어야 하는데

오른쪽부터 빨래를 널며
점점 가까이 가도 꿈쩍 않는다
팽팽해진 거미와 나
집게 하나를 빼내자 집이 출렁
순간 밑으로 쭉 내려갔다가

다시 제자리를 찾는 거미, 저 생의 탄력

안과 밖이 없는 극빈의 자리에서도
네 걱정이나 하라는 듯
외줄을 타고 넉살 좋게 올라간다
숨 막히는 햇빛을 나에게만 남긴 채

울릉도 엽서

섬기린초가 절벽에 붙어
바다를 보고 있다

절벽 모퉁이에 부딪혀
검푸른 멍이 드는 바다
기린초 노란 얼굴
솜털이 떨린다

바위에 올라가
한 번씩 몸을 말리는 파도
흰 치마가 부풀었다 가라앉는다

저 멀리 배 한 척
바다를 끌고 하늘로 오르고 있다
하늘도 푸른빛이 깊어진다

나는 태후사랑 염색방에 간다

1.

지치지도 않고 자라는 머리, 등줄기를 휘감는 이 차가움은 어디서 오는가 가려운 뿌리가 하나씩 솟아 망각 지각 소각 수많은 각을 열매처럼 매단 머리카락이 펄럭인다 망각이 자정의 나뭇잎을 갉아먹듯 머릿속에서 흰 피가 번져나간다 머리카락을 타고 흘러내린다 오래된 골목을 지우며 내일이 되고 모레 글피로 뻗어나간다 싱싱하게 나를 덮는다

2.

하얀 속내를 검게 물들이는 곳이 필요하다 스무 살의 노래방도 아니고 마흔 살의 찜질방은 더더욱 아니다 흰 피를 감추러 쉰 살의 나는 염색방에 간다 빈틈없이 머리칼을 헤집는다 팽팽한 수평선 위에 떠 있는 검은 달과 흰 별의 거리를 지우고 불온하게 끓는 피를 잠재우고 마침내 무채색의 그대처럼 나도 된다

아무도 모르게 봉합 당한 흰 피가 머릿속에서 들썩댄다 두통이 계란 노른자처럼 동동 떠서 얇은 수평선 위를 굴러다닌다 태후는 말간 거짓말!

일일 드라마

아이의 방문은 닫혀 있고
남편은 부재중
저 여자가 내 곁에 있어
비스킷 한 조각 입에 물고
미소를 보내는 여자

드라마 주제가만 들어도 조바심이 나
트레드밀을 옷걸이로 쓴지 오래지만
날마다 운동하는 저 여자가 있어
리모컨만 있으면 여자를 부를 수 있지
가끔 설거지도 해주고
곁에 앉아 수다도 떨어줘
비현실적 스토리일수록 우린 죽이 잘 맞아

눈을 감고 드라마를 생각해
아침 식탁에서도 화사하게 화장한 저 여자
남편의 해장국도 부탁해
밤새 얽혀버린 머릿속도 빗질해 줄 거지?

드라마로 간을 맞춘 커피를 마셔

매듭이 풀어진 꽃다발처럼
순식간에 모든 것이 흩어져 내리고
내 얼굴만 허공에 떠 있어
혼자 웃고 우는

김치 우화

그 무렵 나는 뿌리가 가렵고 꿈이 잦았어요

살을 찌우는 중이었죠. 엉덩이가 땅에 붙을 때까지 외다리로 서서. 구름의 펑퍼짐한 엉덩이가 얼마나 부러웠는지 눈을 감으면 하얗게 드러난 내 궁둥짝이 보일 정도였어요. 달콤한 비가 되는 구름은 얼마나 친절한 허구인가요. 바깥은 기웃거리지도 않는 내게 말했어요

속을 채우렴. 가시나가 속없이 펄럭이면 뭣에 쓰겠나!

음지가 되었다, 양지가 되었다, 밤과 낮을 단단히 껴입었어요. 가만히 있어도 그림자가 돌아갔어요. 세상은 원래 이러쿵저러쿵 말이 많잖아요. 팽이처럼 같이 돌지 않으려고 뿌리에힘을 주었어요. 얼마나 힘을 줬는지 단내가 났어요. 펄럭거리는 치마도 꽉 움켜잡았어요. 뽀얗게 속을 채운 내게 사람들은 말했어요

뻣뻣하게 굴면 오래 못 가. 짠맛 단맛 매운맛 다 알아야 진짜 겨울나기가 되지!

진짜는 뭐고 가짜는 뭘까, 나는 독이 올랐어요. 솜털을 잔뜩 세운 어느 날, 갑자기 소금물을 뒤집어썼어요. 힘이 쭉 빠졌어요. 갱년기 여자처럼 아무 것도 하기 싫은 내게 누군가 속삭였어요

 아직 끝난 게 아니야. 이제부터 넌 김치가 되는 거야!

 태양빛 머금은 고춧가루, 바다 향기 짭조름한 젓갈이 내 몸에 착착 감겼어요. 마늘, 생강, 푸성귀까지 얼마나 몸을 헤집는지 온몸에서 빨갛게 열이 났어요. 김치가 된다는 건 내가 아닌 것까지 다 품어 안고 견딤을 완성하는 일이네요

 살캉거리는 내 살결
 아직은 매운 체취 날리는 도도한 여자이고 싶어요
 거기 당신, 군침 좀 그만 흘리세요

초록시집

시를 찾아보려 해요
생각해도 생각나지 않는

초록 정원으로 들어가
꽃나무가 되어보려 해요
내 시를 찾아보려 해요
숲이 되어 바람을 키우고 싶어요
바람 붓으로 그림을 그리고 싶어요
구름그림자를 베고 눈을 감으면
나풀거리는 나뭇잎들 꽃잎들
초록 단어가 떠다녀요

하늘을 날아볼까요
생각해도 생각이 안 나는
느낌표를 찾아오고 싶어요
마음에 눈 코 입을 달아주고 싶어요
구름 등을 타고 비가 내리면
나뭇잎은 후드득
나무와 나무 사이
새의 날개는 젖지 않아요

나비가 날아오르는 순간
꽃은 어떻게 가만있는지
나풀나풀 물음표를 입에 문
초록 나비 떼
잡힐 듯 잡히지 않는

잠의 삼한사온

잠이 들면 바다가 깨어난다
파도가 부릅뜬 눈으로 나를 내동댕이치기도 한다
굴러가다가 뛰어오르다가
때론 감은 눈으로 돌아눕기도 한다
어쩜 나라고 여긴 것들이
모두 물거품일지도

점점 몸집이 자라 내 속에 자리 잡은 파도
혼자 있을 때도 혼자가 아니다
속에서 움직이는 형상들
고물고물 새끼를 친다

저 물결 위 수많은 눈
때로는 반짝이는 눈들이 나를 꿰뚫는다
끄응 깊은 신음이 새어 나와
꿈과 현실을 잇는 파도가, 다리가
몸 밖에서 출렁거린다

며칠은 꿈에 흔들리고
며칠은 꿈을 뒤엎는

잠의 삼한사온
시가 사는 바다는

연꽃 풍경

긴 목을 뻗고 피어 있는 연꽃들
분 향기 배어날 듯 말간 얼굴
빗속에서 더욱 빛난다

눈에 보이는 것은 물 밖의 일
저 물속에 무슨 사연 깃들어 있을까

진흙 바닥에 서 있는 내 얼굴
큰 병 도지듯 열꽃이 툭툭 터진다

양말처럼 젖으렴

비가 흐른다
피가 흐른다
모든 것이 흐른다

오늘도 잊힌 어느 날이 되고
내일도 나를 벗어놓고
흘러갈 것이다

다만, 설렘만 기억날 테니
가슴아
서럽도록 비 내리는 날
너, 가슴이 아니라
양말처럼 젖으렴

엘리스의 시간

날짜 위에 날짜가 덧씌워진다
시간이 무거워진다

왼발 오른발 구령을 붙이며 뛰는 아이
똑딱똑딱 소리가 달려간다
파동이 허리를 휘감는다
점점 두꺼워지는 둘레
둥근 오렌지, 시간이 구른다
앞뒤 분간이 안 돼, 밤인지 낮인지
노랗게 질식하는 공간

손목시계 벽시계 디지털 시계
눈으로 건너가는 시간 사이
찰나의 여백에서 숨을 고른다

목숨 끝까지 함께 하겠다 속삭이지만
시시때때로 떨리는 표정
착각이 째깍째깍 바닥으로 고꾸라진다

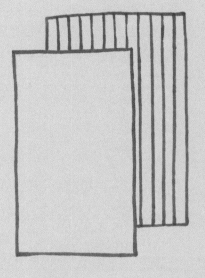

5부

봄이 온다니

형용사들이 춤을 춘다. 예쁜, 따스한… 휘돌다 뛰어오른다. 숲속 오솔길로 달려간다. 스타카토로 뛰는 자리마다 새싹이 돋아난다. 연둣빛으로 물들어가는 숲

하늘을 쓸어본다. 푸른 물이 흘러내리는 팔, 서로 손을 잡고 호수에 이른다. 수면 위에서 찰방거리는 작은 발자국들. 수없이 분화하는 형용사, 형용사들

유려하고 빠르게, 더 빠르게 달려가는 현악기의 리듬 같은, 형형색색이 번져나간다. 눈을 감아도 향기로 전해 오는 음색들, 숲이 조금씩 부풀고 땅의 진동 맥박을 타고 오른다.

바람이 몸에 감긴다. 나뭇가지마다 뒤척이는 이파리들 푸릇한 숨소리. 이 세상 다녀간 사람들 다시 태어나고 싶은 봄, 내 몸에서 형용사들 하염없이 나부끼고 흩어지고 떨어지고 다시 솟아오르고

담장 가득 아지랑이

3월은 아직 아파야 할 때
손끝에 꽃피기 전
이마여 더 뜨거워져라

봄이 도착하기 전
발바닥을 하얗게 닦아두고
손가락을 파랗게 다듬고

병아리 발가락 같은 햇발 굴리며
봄이 오면
묵은 각질 벗고
숨구멍마다 따스함 가득
오랜 담벼락도 어깨를 펴고
햇살을 키울 거예요

담장에 기대서서
나도 수액을 머금은 나무가 될래요
뛰는 심장 사이
빛이 스민다면
내 몸은 봄으로 환할 거예요

꽃눈마다 숨어 있는 별
풀어내면 한순간 눈이 멀지도 몰라요
아득한 처음처럼 눈을 뜨면
먼 곳에서 아른거리는 기척,
당신인가요?

나를 흐르게 하는

홍매 향 물고 가는 멧새의 등을 봅니다
웅덩이 부풀리는 도롱뇽 알집을 지나
섬진강 가에 내려섭니다

외줄기 강물은
여러 길로 지나온 나에게
눈길 한 번 주지 않으니,

돌멩이 하나 던져 봅니다
활짝 솟구치다가 이내 잠잠해지는 강
물비린내가 둥글게 주름 잡히기도 전에
돌은 강과 한 몸이 됩니다
길쭉하거나 삐뚜름하거나 둥근 돌들이
강물을 받치고 흐르게 합니다

나를 흐르게 하고
나를 꽃 피운 그대
수많은 눈물의 기항지 지나
그리움의 닻 내리며
여기까지 왔으니

이 강가,
마른 갈대들의 밑동이 간지럽도록
꽃잎 되어 흘러가렵니다

봄 마중

복수초가 얼음으로 꽃을 피운다
흙 속에서 깨어난 벌레
나무 틈으로 기어오른다

꽃눈을 품은 햇빛
얼음 위에서 춤춘다
산수유꽃 흐드러지게 핀 산기슭

다람쥐가 앉았던 자리에서
양수 냄새 비릿한
여린 잎들이 솟아나고 있다

썩은 낙엽 사이
몸을 여는 산 목련의 웃음

여자가 운동화 끈을 조이고 있다

한강 가에서

　나뭇잎 하나 어깨를 타고 흘러내리고 머리에 닿을 듯 말듯 수천 개 이파리, 늘어진 가지 사이로 햇살이 부서지고, 커피 향 감도는 벤치 앞으로 하얀 개가 지나가고

　자전거 옆에 풍경이 된 사람이 보이고, 떨어진 꽃 한 송이 바람에 날리다 멈추고, 반짝이는 강물 따라 눈길이 흘러가고

　물 내음 밴 산책길, 나뭇잎이 흘긴 낙서 공중으로 흩어지고, 풍경 속으로 가뭇없이 내가 걸어가고, 내가 사라지고

봄

나무에 달린 노래가 눈을 뜨기 시작하네요

어느새 당신 동공이 연두로 물들었어요

물감

골짜기마다
연초록 물감이 흘러내리고 있다

혀를 내밀어 맛을 본다
야들야들 상큼 톡!

아무리 빠르게 혀를 놀려도
여기저기 줄줄 새는

몸 안도 밖도
연연 초록, 록

물오른 오월을
파랗게 칠하며
자꾸자꾸 상현 쪽으로 오른다

숲의 합주

팽팽하다, 발바닥에 밟힌 길이
쇠유리새 노래처럼 휘었다 당겨진다
삼도봉까지 이어진 음표들의 허밍
나무계단을 타고 음계들이 서둘러 올라가고
어깨 마루에 이르자 베이스로 깔리는 구름바다
나는 발을 벗어두고 리듬 결로 춤을 춘다
정수리 숨구멍까지 모두 열고
오선지 숲 위를 유영한다
몸에서 흘러나온 땀방울이
계곡물의 음색에 스며든다
바위 위에서 말라가던 이끼에 혈색이 돈다

곡선의 바람과 직선의 비가 만나 빚어진 길
신록이 크레센도로 짙어진다
세 옥타브를 뛰어내린 폭포
잠시 멈춰 리듬을 고른다
휘청거리던 길도 제 자리를 잡는다
매미 울음에 단조로 가라앉은 안개가 사라지고
산나리 꽃이 ㄲ덕ㄲ덕 박자를 맞추고 있다

가장 높은 음계를 딛고 정상에 올라서면
도돌이표 사이를 돌고 있는 잠자리 떼
산은 우뚝 서서 팔도 휘두르지 않고
다카포* 다카포 지휘를 하고 있다

*처음부터 다시

구봉도 낙조 전망대

선돌 사이로 하늘의 아랫배가 붉게 물든다
그 뜨거움으로 망막을 채우는
커다란 눈동자
둥근 것들이 저 안에 다 들어 있다

노을 앞에 서면 우리는 직진을 멈춘다
속도를 선호하는 사람도
제자리걸음을 반복하는 사람도
복작복작 들끓던 마음이 녹아내린다

둥글다는 것은
몸 안에 뜨거운 것을 품는 일이다

장마

누구는 용케 비를 피하고

누구는 하필 그때
폭우를 만난다

소나기 그치자

턴테이블 위를 콩콩콩
뛰어다니던 빗방울이
들판에 판을 벌인다
물을 머금은 들이 들썩거린다

풀잎에 맺힌 물방울들이
몸을 길게 늘였다가 한순간 뚝 떨어진다
바닥은 이미 흥건한 잔치
자박자박 풀뿌리를 간질이며
끼어들고 스미니
몸이 불은 들판 위로 윤기가 흐른다

소나기 속에서도 꺾이지 않은
키 작은 해바라기, 노란 얼굴이
고개를 쏙 내밀고 박자를 맞춘다

춤을 멈출 수 없는 빗방울
해바라기 넓은 이파리에서 빙그르르 돌다가
떨어질 듯 말듯

인정전* 꽃살문

둥근 꽃잎이 서로 얼굴을 대고 있다
끝없이 연이은 꽃잎들
하늘의 기운을 한가운데로 모으고 있다
어느 꽃잎 하나 찡그린 표정이 없다
비 그친 늦가을이 축축한 속내를 닦고 간다

완경의 여자, 꽃살문 앞에 한참을 서 있다
수없이 흩날리는 꽃잎, 꽃잎들
가슴에 품는다
다시 둥글어진다

용마루에 걸린 하늘이
어진 눈매로 내려다본다

*창덕궁의 정전

어떤 기억은 향으로 남는다

오래된 방이 떠오른다
고요와 시간이 잠든 거기서
잃어버린 그림 하나를 찾는다

동생들에게 도넛을 만들어주던
중학생 큰언니
반짝이는 눈망울이 즐거워
화롯불 가스에 취하는 줄도 모른다

돼지기름에 튀겨지던 도넛 향기
이제는 허물어진 집과 함께 날아가 버린
그 아찔했던 풍경이 그립다

어떤 기억은 냄새로 남는다
이름 붙일 단어를 찾지 못한다

아침이면 창을 열고 숨을 들이킨다
먼 곳에서 마른 풀, 싱그런 솔잎 향이 난다
종종 그 향이 스친다
어쩜 내 피거나 살이 된 기억일지도

마니산 노송(老松)

말없는 몸이 있다 숨구멍마다 진액이 흘러 하얗게 굳어간
다 잎이 시들고 흙 위로 올라온 뿌리가 끊어진다 뒤틀리고 휘
어진 팔에 검은 멍이 꽃처럼 피어 있다

한 줌 흙을 잡고 하늘을 밀어 올리려 해도
짚는 곳마다 벼랑 끝인 그의 자리

흔들리는 그림자를 감고
텅 빈 울음을 우는 새만 굳은 입술을 쪼아댄다

돌아본다 명상에 잠긴 커다란 쉼표, 불거진 뼈 사이로 긴
시간 농축된 시간이 새어 나온다 터진 살갗 속으로 스며드는
바닷바람, 누렇게 마른 손가락들이 부서져 내린다

문을 닫는 손은 곱게

한 해의 끝날,
오늘은 문을 닫아야 해요
저기 달려오는 고통이여, 사랑이여
푸른 파도여 거품이여 안녕
내일은 또 다른 문이 열리니
두근거리는 새 가슴을 준비하세요

미처 못한 감사가 있다면
오늘 꺼내 쓰세요
맡겨놓은 결혼식이 있다면
내일 찾아오세요

웨딩드레스는 식지 않는 꿈
사람들 사이 순백의 모습
평생의 행복을 가불하여 쓰고
빚진 자가 웃고 있어요
사랑 빚은 많을수록 좋으니

세밀 한파를 전하는 기상캐스터 지도 위를 걸어가고, 나는
창을 닫으며 사람들 안부가 궁금한데

대답 없는 시간이 문턱을 넘어가요

갓 지은 행복은 고이 싸서 내일로 보내드리지요

가을밤은 일찍 온다

낙엽송 위로 달이 떠 있다
홀쭉한 배를 안고

은은하다, 그 빛

나무 아래 앉아 침엽 향을 들이킨다
짙게 우린 차 한 잔이다

달빛을 담은 나무 향
내 몸이
고요히 젖고 있다

해설

수도에 가까운 몰입과 황홀의 이미지즘

민용태(시인, 고려대 명예교수, 스페인 왕립한림원 위원)

박천순의 시는 엄청나게 신선한 이미지의 향연이다. 시 구절마다 오묘하고 섬세한 감성의 무늬가 가슴을 파고든다. 예를 들어 "바다가 사랑이다"에 나오는 어머니의 손짓 몸짓은 그대로 물결이고 따스함이다. 시인은 말한다.

> 바다는 토닥토닥 물결뚜껑을 매만진다
> 햇살 따라 장독 덮개를 갈무리하던 어머니처럼
>
> ―〈바다가 사랑이다〉 부분

여기서 바다는 어머니의 장독대이다. 물결은 그대로 장독들이 된다. 그래서 어머니는 장독 뚜껑, "물결뚜껑을 매만진다" 장독대에는 햇살의 손길이 어머니처럼 장을 익힌다. 그래서 장맛의 반은 햇살 맛이다.

박천순같이 예쁜 여류시인의 눈길이 아니고서는 거센

바다에서 이런 고운 시 맛이 느껴지는 표현을 하기란 쉽지 않다. 거친 바다는 이렇게 해서 "장독 덮개를 갈무리하던 어머니"의 따뜻한 모습이 된다. 그러나 바다는 이것으로 끝나지 않는다. 죽음과 생명, 사망과 탄생을 끝없이 반복하는 "환생"의 장소가 된다. 죽음을 생명으로 되바꾸는 조화롭고 눈부신 우주의 푸른 몸짓을 보여준다.

　　죽음과 생명이 끊임없이 몸을 바꾸고
　　푸르게 푸르게 익어가는 바다
　　이 많은 숨소리의 환생이 너무 눈부셔서 아프구나

—〈바다가 사랑이다〉 부분

이것은 삼라만상을 관리하고 가꾸는 대자연의 어머니의 모습을 바다가 하고 있는 것이다. 대자연을 "푸르고 푸르게" 가꾸는 손길이 바다의 파도에서 보인다. 그리하여 바다는 우주와 함께 날마다 "익어간다".

그러나 바다의 이런 거룩한 행위는 결코 신과 같은 숭배의 대상이 아니다. 숭배보다는 오히려 여성 특유의 이해와 모성(母性)의 따스함으로 함께 살고 이룩하고 아파한다. 이 마지막 구절은 절구이다. "이 많은 숨소리의 환생이 너무 눈부셔서 아프구나".

이 눈이 부시도록 아픈 파도의 몸짓은 어머니가 되어보

지 않고는 느낄 수 없다. 종교의 눈으로 보면 모든 탄생은 부활이요, "환생"이다. 바다는 어머니의 아픈 출산의 고통을 앓는다. 그 거룩한 바다의 몸짓을 보고 "너무 눈부셔서 아프구나"라고 감탄한다.

박천순 시인은 바다가 먼 경북 영주 출신인데도 "파도 소리"를 참 좋아한다. 아니, 바다가 멀기에 파도 소리를 더 동경하는지도 모르겠다. 그녀는 "해 질 무렵"이면 바닷가에서 이런 사랑을 꿈꾼다.

어둠이 온 세상을 덮어도
그의 목소리에 귀 기울이며
시간을 잊고 싶을 때
봉긋한 밥 한 쪽 푹 덜어
그의 밥그릇에 담아주고
찌개 그릇에 숟가락 부딪히며
오래도록 파도 소리 듣고 싶을 때
있나요?

−〈해 질 무렵〉 부분

참으로 여성스러운, 사랑에 가득 찬 몸짓이다. "봉긋한 밥 한 쪽 푹 덜어/ 그의 밥그릇에 담아주고/ 찌개 그릇에 숟가락 부딪히며" 파도 소리를 듣는 맛! 이것은 나 같은 둔

탁한 남성에게는 좀처럼 떠오르지 않는 살가운 이미지이다. 남성이 여성에게 푹 빠지는 것은 세상 어디에서도, 어느 시간에도 느낄 수 없는 여성의 이런 섬세한 감성 때문이리라.

박천순 시인은 끝까지 그런 여성스러운 힘으로 세상의 풍파와 사랑의 만남과 헤어짐, 기쁨과 아픔을 품어낸다.

사랑의 힘은 흘러간다 목구멍을 타고 흐르는 따가운 가시들, 모든 사랑을 가진 그가 또 다른 사랑에 목말라 하듯이 사랑은 돌아오리라 그리고 어둠 속에서 더듬더듬 콩나물국을 끓이리라 안개가 걷히고 다시 길을 떠나는 새벽이다

―〈사랑의 눈동자〉 부분

"사랑의 힘이 흘러가는" 것을 아는 그녀는 "사랑은 돌아오리라"는 것 또한 안다. "모든 사랑을 가진 그가 또 다른 사랑에 목말라 하는" 것도 그녀는 안다. 이런 소름 끼치는 배반의 장미도 그 "따가운 가시"도 그녀는 견뎌낸다.

그리고 다시 "어둠 속에서 더듬더듬 콩나물국을 끓이는" 일상으로 돌아온다. 사랑이라는 것, 부부 사이라는 것, 가정을 이루고 사랑을 가꿔 간다는 것이 다 이런 우여곡절의 "콩나물국 끓이기"가 아니고 무엇이랴.

"매화 꽃잎 화르르 떨어지는" 밤에 박 시인은 "침대에 누

워 빗소리를 만진다". 빗소리를 만지는 것은 청각과 촉각을 동일시하는 공감각(synesthesia)을 이용한 이미지이다. 청각보다는 촉각이 밀착도가 더해서 밤의 빗소리가 훨씬 육감적이다. 시인은 비 오는 밤의 심상을 이어간다.

빗소리는 잠 사이를 걸어 다닌다
사랑하는 사람은 창을 열어
빗소리를 몸속 깊이 들여놓고
잠의 긴 골목을 돌아가는 중이다

−〈매화 꽃잎 화르르 떨어지고〉 부분

박 시인의 밤 빗소리는 온몸과 잠 사이를 뚫고 다닌다. 운동과 움직임 이미지(kinetic image)의 극치감이 느껴진다. "잠의 긴 골목을 돌아가는 중"이라는 영상은 잠이라는 무형의 실체를 긴 골목이라는 유형의 실체로 환치시킨다. 수면을 입체적으로 묘사하여 그 이미지를 활성화시킨 것이다.

박천순 시인은 다양한 이미지 활용의 달인이다.

저 눈발은 내 마음 어느 바닥쯤에 닿았을까요
공중에서 난무하던 흰 글씨들
내 안으로 전부 추락합니다

내 가슴은 녹아내린 당신으로 흥건합니다

시가 되어 찾아온 당신,

마침표가 없는 당신으로 인해

마음은 오래도록 젖어 있습니다

눈은 아직 그칠 기미가 없고

당신이라는 풍경만이 자꾸자꾸 겹쳐집니다

— 〈풍경은 지워지고〉 부분

눈 오는 날의 풍경을 "시가 되어 찾아온 당신"에 대한 "마침표가 없는" 사랑이나 그리움으로 묘사한다. 눈송이는 아무래도 그리움이다. 눈발의 말이 가슴으로 녹아내려 "흥건하다". 젖어 있다. 자꾸만 겹쳐지고 쌓여가는 것이 연정인지 풍경인지 모호하다. 결국 다른 풍경은 모두 지워지고 "당신이라는 풍경만이 자꾸자꾸 겹쳐"진다는 적절한 시 표현으로 독자를 감동시킨다.

일상이나 신문에서 읽은 감동적 기사가 시가 되기도 한다. 시인은 "오랫동안 신장투석을 해 온 월번 우튼이 생의 마지막 날 아내를 꼭 껴안고 있다."(중앙일보, 2008. 8. 30)라고 기사를 적고 그 "아내"의 목소리로 사랑의 시를 쓴다.

당신 체취가 나를 비껴간 적이 있나요?

꼭꼭 여민 이불깃 위로

마지막까지 나를 토닥이는 숨결

내 심장이 당신 심장 박동을 반추합니다

당신 품에 안긴 이 가슴이

내 마지막 노래이고 꽃이고

머지않아 당신께 다다를 날개입니다

—⟨허밍버드⟩ 부분

사랑은 이렇게 이승을 건너 하늘에 이르는 "날개"나 구름다리이다. 가슴과 가슴을 마주 대고 죽음을 막는 숨결의 행보에 사랑의 힘이 있다.

아르헨티나의 시인 호르헤 루이스 보르헤스의 시에 "헤라클리토스의 후회"라는 시가 있다. "나는 이런 저런 사람이 다 되어보았다./ 하지만 그 한 사람은 될 수 없었다, 마띨데 우르바흐가 마지막 숨져가는 것을 품에 안고 있던 그 사람…" 어느 고문서에서 발견했다는 이 구절은 출처가 불분명한데도 그 지극한 아픔이 절절하게 전해 온다. 박천순의 위 시 또한 잘 모르는 어느 남편과 아내의 죽음과 이별 이야기지만 심장과 심장의 박동이 이승 넘어 저승까지 들리는 애절함이 전해 온다.

박 시인은 사랑의 그 섬세한 근육과 근심 상태를 눈여겨본다.

"보고 싶다" 대신에

"잘 있지?"

'잘'이라는 한 마디, 얼마나 절절한가

근심은 뼈를 마르게 해

마음과 마음이 만나는 곳

뭐라 불러야 할까

썼다 지웠다, 썼다 지웠다

마음이 나달나달 다 해졌다

아, 해 뜬다

－〈사랑해, 사랑 해〉 부분

"마음이 나달나달 다 해지도록" "썼다 지웠다, 썼다 지웠다" 하는 것이 사랑하기이다. 시 쓰기이다. 마음 다스리기가 어디 쉬운가? 밤새도록 "근심"하고 "해가 뜨기"까지 "뼈를 마르게 해"도 명쾌한 답이 보이지 않는다. "해 뜬다"고 수천 번 되뇌다 한평생 인생이 다 간다.

절절하게 보고 싶은 마음을 몰라주는 것이 인생의 이치라면 차라리 웃어 버리는 게 낫다.

어둠 속에 낚싯대를 던진다

졸다 깨다, 어둠이 화들짝 놀란다

단어 하나 건진다
어절 하나 낚는다
흰 포말에 헹궈서
이리저리 꿰어 맞춘다

새벽은 온다
처음 보는 물고기 하나
기이하다

아침이 갸우뚱 한다
갸우뚱이 하하 웃는다

−〈밤낚시〉 전문

낚시하기나 시 쓰기나 어둠과의 놀이라는 점에서는 마찬
가지이다. 내 동생 이야기를 들으면 낚시는 밤낚시가 제맛이
라나? "졸다 깨다, 어둠이 화들짝 놀란다" 이런 맛인가?

"흰 포말에 헹궈서/ 이리저리 꿰어 맞춘다"? 이것도 끝
이 안 나는 작업 걸기…. 새벽에 "처음 보는 물고기 하나"
를 발견한다. 그걸 신기해하는 "아침이 갸우뚱 한다" 그 웃
음을 보고 "갸우뚱이 하하 웃는다". 부처의 연꽃을 보고
마하가섭이 웃듯이. "갸우뚱"은 "하하"하지 않는다. 파안
대소(破顔大笑)에 "갸우뚱"이 어디 있는가? 이렇게 해서

시 쓰기는 명상이나 좌선(坐禪)이 된다.

박 시인은 시 쓰기를 수도하듯 한다.

> 순간 사라지는 소리들
> 방은 다시 숨을 죽인다
> 부스럭부스럭 내가 소리를 만든다
> 볼펜이 굴러가는 소리
> 종이 위를 가볍게 흐른다
> 노트가 줄을 긋는다
> 펜이 천천히, 혹은 빠르게 걷는다
> 줄 사이로 새벽이 끼어든다
> 점점 아침이 밝아온다

-〈아침이 오는 방식〉 부분

그렇다 시 쓰기라는 밤길에 가야 할 길이 보이는 것은 아니다. "볼펜"이 어디를 향하여 가는가? "노트"가 어디에 줄을 긋는가? 사실은 쓰기보다 지우기가 더 힘들다. 지우기보다 비우기가 더 힘들다. 힘들기보다 힘 안 들기가 더 어렵다. 그냥 앉아 있다. "아침이 밝아오기까지".

시 쓰기를 동양에서는 시도(詩道)라고 했다. 시(詩)와 선(禪)을 하나로 보기도 한다. 박 시인의 이런 "지우기", "비우기" 연습이 바로 그것이다. 그러나 때로는 요가에서처럼 몸을 조이기도 한다.

　　갇혀 있는 것에 익숙한 나는
　　몸을 찾아 두리번거린다
　　몸은 가장 편안한 표정으로 구겨져 있다

　　머리 속으로 팔이 들어가고
　　다리 속으로 몸통이 들어가고
　　바람 빠진 풍선 인형처럼 꼬여
　　맞춰지지 않는 나

　　몸이 흘러내리지 않게 허리띠를 졸라맨다

　　　　　　　　　　　　　-〈나를 벗어나는 몸〉 부분

　　선(禪)이 풀기라면 요가는 조이기이다. 그러나 도착점은
몸과 우주의 하나 되기라는 점에서 같다. 나를 한없이 풀
면 우주가 된다. 나를 한없이 조이면 우주의 한 입자가 되
겠지. 박 시인은 "갇혀 있는 것에 익숙한 나"이다. 여기 시
인의 몸짓은 거의 요가 자세이다. "다리 속으로 몸통이 들
어가고/ 바람 빠진 풍선인형처럼 꼬여"의 표현이 그러하다.
　　그러나 이런 갇히고 조이기 시보다 "하루는 가늘다"라
는 시가 더 재미있다.

하루는 허리가 아프다 허리띠를 졸라맨다 나는 걸어간다 그대는 나를 모르는 척 한다 우리의 만남은 몽상의 문턱에 걸린 무지개, 거울 속 눈동자에 물을 뿌린다 흩어진 글자들이 새털처럼 날아다닌다 손을 펴도 잡히지 않는다 손가락 끝에서 풍문이 흘러나와 변방을 적신다 속절없이 아픈 외계인의 언어, 질문도 대답도 없는 하루가 저물어간다 몸은 여전히 읽을 수 없는 우주, 위태하게 건너가는 허리, 적막이 몸을 감싼다 혁명도 가슴도 없다 피 흘리는 망막은 언제쯤 바닥에 뿌리 내릴 수 있을까? 여위어만 가는 하루 하루 몰입, 하자 하자 하자

─〈하루는 가늘다〉 전문

탄트리즘에서는 "몸은 우주"이다. 들숨과 날숨 사이 내 몸이, 나의 우주가 숨 쉰다. 그것은 물리학적으로는 사실이다. 그러나 깨닫지 않고는 끝내 이해할 수 없는, "읽을 수 없는", "외계인의 언어"이다. 그저 내 몸속에서 "질문도 대답도 없는 하루가" 허리가 아프도록 숨 가쁘게 지나간다.

부질없이 바쁜 나날이다. 그러나 내 몸을 스쳐 가는, 혹은 흘러가는 "하루"는 여전히 "위태하게 건너가는 허리"이다. 그래서 하루는 허리가 아프고 가늘다. 이해할 수 없이 흘러가는 우주의 시간들…. 그러나 시간은 나와의 대화가 없다. "적막이 몸을 감쌀" 뿐. 여기 "혁명도 가슴도 없다". 고

행의 아픔도 투쟁도 "바닥"이나 안식을 가져오지 않는다.

명상은 쉬운 말로 자기를 함몰시키는 "몰입" 행위이다. 무아(無我)의 경지로 빠져드는 일 아닌 일. 그러나 여기에 역설이 있다. "빠져 든다"고 하면 무위(無爲)가 아니다. 하는 것(爲)이다. 그래서 박천순 시인은 여기에서 엄청난 도약을 시도한다. "하루 하루 몰입, 하자 하자 하자". 이 말은 선문답 같다. 마치 어느 스님이 조주(趙州)에게 "개에게도 불성(佛性)이 있습니까?" 물으니 "무(無)"라고 대답했다는 것과 같다. 글자 그대로 풀면 개는 불성이 없다(無)로 들린다. 그러나 "무"라는 소리가 있다(有). 느껴지지 않는가?

박천순 시인의 "하"자 반복(alliteration homophony)은 "하자"는 의미를 넘어선다. 그대로 마치 무위(無爲)의 리듬처럼 가슴에 반추된다. "아"는 밝은 소리이다. 밝게 "하, 하, 하, 하…"하면 큰 웃음소리가 들린다. 난센스(nonsense)의 웃음소리, 의미 없기 소리이다. 그렇다고 박천순 시인이 여기에서 선문답이나 화두를 두고 명상을 하고 있다는 소리는 아니다. 박 시인은 그 무엇보다도 시인이다. 그녀는 시를 통해 수도를 하고 있는 것이다.

내가 알기로 박 시인은 독실한 기독교 신자이다. 100세에 가까운 기독교 신학자 유동식 교수는 한국의 종교 정신의 뿌리를 '풍류도(風流道)'에서 찾았다. 최치원의 '풍류도'는 '유불선(儒彿仙)'을 통합한 것으로 유 교수는 이 정신이 한국인 고유의 심성이 되었다고 본다. 우리보다 먼저 기독교를 접한 중국, 일본과 달리 한국에서만 기독교가 뿌리내리고 잘 성장할 수 있었던 이유는 이 심성 위에 기독교 복음의 씨앗이 떨어졌기 때문이다. 하나님의 형상을 닮은 인간의 모습, 우주와 인간의 삶의 조화, 신인합일(神人合一)적 이상이라고 한 것을 본다. 그렇다면 박천순 시인은 뿌리까지 한국인의 심성을 가진 그리스도인이며 시를 통해 끊임없이 수행을 하고 있는 것이 아닐까?